El perro enterrador y otras historias / autores-ilustradores Alison
   Maloney ... [et al.] ; traductora Yolanda Enciso. — Bogotá :
   Panamericana Editorial, 2013.
   p. : il. ; 21 cm.
   Título original : *Dig the dog and other stories*.
   ISBN 978-958-30-4205-8
   1. Cuentos infantiles ingleses 2. Animales - Cuentos infantiles
3. Familia - Cuentos infantiles 4. Humorismo - Cuentos infantiles
I. Maloney, Alison II. Enciso, Yolanda, tr.
I823.91 cd 21 ed.
A1423185

   CEP-Banco de la República-Biblioteca Luis Ángel Arango

Este libro pertenece a

....

El perro enterrador

y otras historias

- Alison Maloney y Maddy McClellan
- Emma McCann • Daniel Postgate

Traducción
Yolanda Enciso

PANAMERICANA
EDITORIAL

Primera edición en Panamericana Editorial Ltda.
octubre de 2013
Título original: *Dig the Dog and Other Stories*
Dig The Dog - Meadowside Children's Books, 2007,
185 Fleet Street, London EC4A 2HS
© Textos Alison Maloney, 2007
© Ilustraciones Maddy McClellan, 2007
Fish Don't Play Ball
- Meadowside Children's Books, 2007.
© Textos & Ilustraciones Emma McCann, 2007
Smelly Bill - Meadowside Children's Books, 2007.
© Textos & Ilustraciones Daniel Postgate, 2007
© 2013 Panamericana Editorial
Calle 12 No. 34-30, Tel.: (571) 3649000
Fax: (571) 2373805
www.panamericanaeditorial.com
Bogotá D.C., Colombia

Editor
Panamericana Editoria Ltda.
Edición
Luisa Noguera Arrieta
Traducción
Yolanda Enciso Patiño
Diagramación
Rafael Rueda Ávila

ISBN: 978-958-30-4205-8

Impreso por Panamericana Formas e Impresos S.A.
Calle 65 No. 95-28, Tels.: (571) 4302110-4300355 Fax: (571) 2763008
Bogotá D.C., Colombia
Quien solo actúa como impresor.
Impreso en Colombia   *Printed in Colombia*

Contenido

El perro enterrador

Escrito por
Alison Maloney

Ilustrado por
Maddy McClellan

El perro enterrador cavó y cavó

profundamente en la tierra.

Cerca de la puerta de atrás, enterró un

hermoso hueso carnudo.

11

El perro pulgoso cavó y cavó

profundamente, en la tierra polvorienta.

12

Hondo y más hondo cavó el pulgoso,

bajo la verja del jardín.

El perro pulgoso se contoneó hasta entrar
en el jardín del perro enterrador.

El perro enterrador estaba saboreando

los mejores bizcochitos de tocino.

El perro pulgoso olfateó y resopló,

y metió su hocico en la tierra.

Luego excavó y excavó hasta que encontró el más

hermoso hueso carnudo.

Entonces, el perro pulgoso

desapareció bajo la verja del jardín.

El perro enterrador terminó su comida

y cavó en la tierra para buscar el postre.

Olfateó y resopló y cavó y cavó,

pero el hermoso hueso carnudo

no apareció.

El perro enterrador se esforzó y jadeó
y se metió por el hueco bajo la verja
del jardín.

20

El perro pulgoso estaba mordisqueando

y lamiendo su hermoso hueso carnudo.

¡El perro enterrador gruñó y ladró;

y el perro pulgoso bramó y aulló!

El perro pulgoso se sentó y escupió,

y el perro enterrador lo miró fijamente

¡y le mostró sus dientes!

El gato a rayas apareció y se burló de los

perros enterrador y pulgoso.

El perro pulgoso sonrió al perro
enterrador. Luego corrieron juntos,
persiguiendo al gato.

25

El gato a rayas escupió y escapó,

mientras el perro enterrador y el pulgoso,

ladraban y corrían tras él.

Regresaron luego al jardín,

y encontraron el hueso carnudo.

El perro enterrador lo lamió y se relamió.

El perro pulgoso babeó y chasqueó los dientes...

... hasta que el bello hueso carnudo...

... ¡desapareció!

Los peces no juegan a la pelota

Escrito e Ilustrado por
Emma McCann

Bob apenas comenzaba a dormirse, cuando Sam entró súbitamente.

"¡Mira, Bob!", dijo Sam muy emocionado.

"¡Papá me compró un pez dorado! ¿No te parece

maravilloso? Se llama Pez".

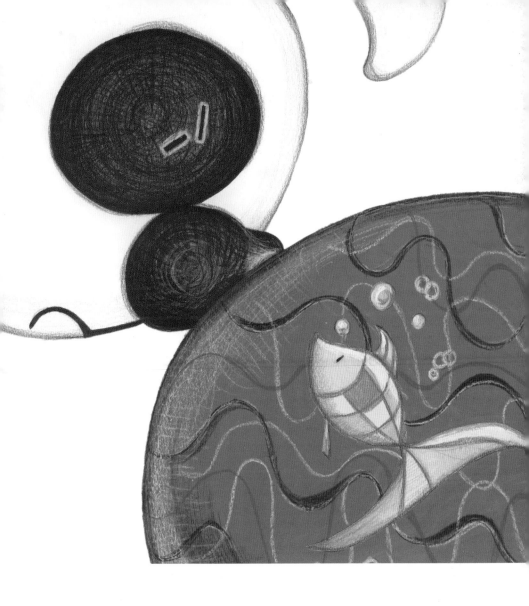

Bob miró a Pez.

Pez miró a Bob.

A Bob no le pareció tan maravilloso.

Le pareció un poco…

… pues, no muy divertido.

Bob decidió regresar más tarde cuando

Pez estuviera haciendo algo diferente,

como malabares o algo así.

Bob observó a
Pez desde abajo
de la mesa.

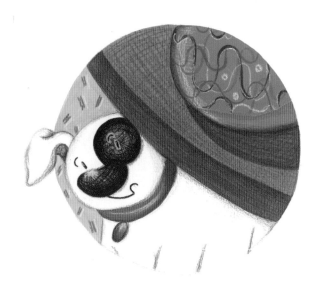

Observó a Pez desde
atrás de la cortina.

Hasta observó a Pez desde el jardín (¡y estaba lloviendo!). Pez no hacía nada de nada.

Bob decidió ayudar...

"Quizás Pez quiera jugar a la pelota conmigo",

pensó Bob.

Bob intentó jugar a la pelota con Pez...

. . . insistentemente pero Pez no era muy hábil.

La pelota flotaba en el agua.

Pez no la regresaba.

Sam regañó a Bob por molestar a Pez con su pelota.

"Los peces no juegan a la pelota, Bob", dijo.

"¡Regresa a
tu canasta!".

Sam lo regañó de nuevo, cuando Bob trató

de compartir su frazada con Pez...

Y una vez más, cuando creyó que a

Pez le gustaría una caricia en la cabeza.

"Quizás Pez quiera dar un paseo", pensó Bob.

Pero cuando Sam vio que Bob metía su correa en

la pecera, se enojó muchísimo más.

"Los peces no salen a pasear, Bob", le dijo.

"¡Vuelve a tu canasta!".

Bob amaba su canasta, pero no le gustaba que lo enviaran allí. "Los peces no son divertidos", pensó. "No les gusta hacer nada de lo que a mí me gusta".

Bob se echó en su canasta y pensó mucho rato en todo aquello.

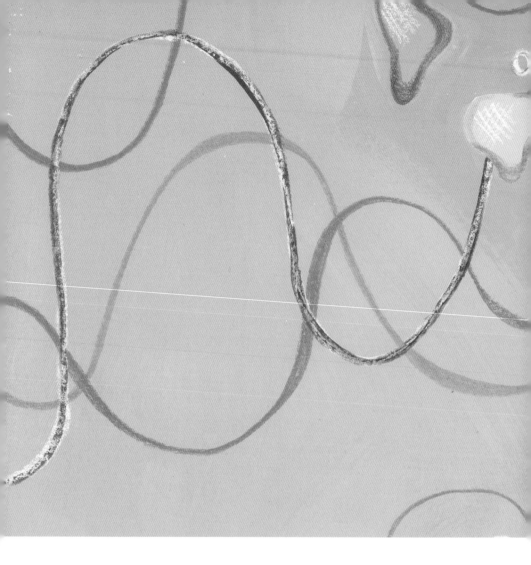

"A los peces no les gustan las frazadas ni que

los acaricien.

Y lo peor, ¡los peces no juegan a la pelota!".

En ese momento Sam entró con un potecito azul.

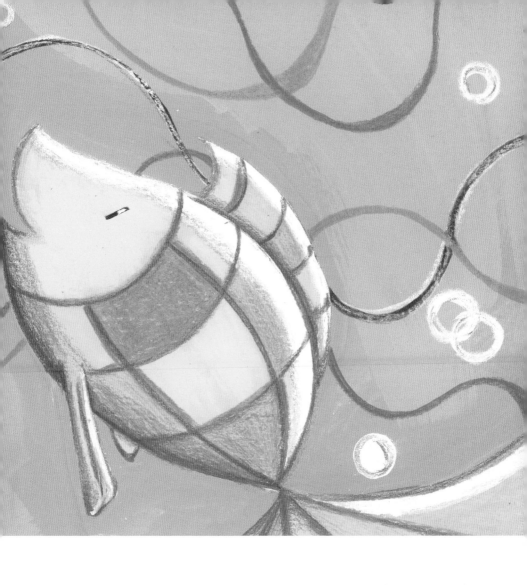

Bob observó cuando Sam lo abrió y echó algo

escamoso y raro en el tanque de Pez.

¡Pez comenzó a comer!

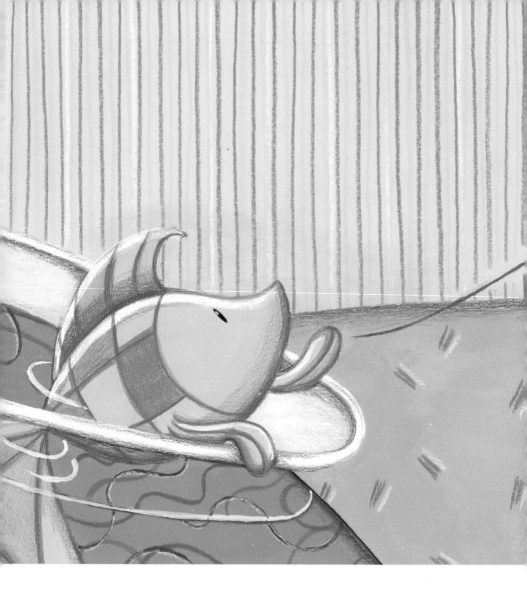

"Mmm", pensó Bob.

"Por lo menos a los dos nos gusta comer".

"¡Quizás los peces no están tan mal…!".

Bill,
el Apestoso

Escrito e Ilustrado por
Daniel Postgate

Bill, el perro, amaba las cosas malolientes. Metía su hocico en canecas repugnantes, olía y resoplaba y luego las revolcaba.

Por eso tenía un fuerte y muy desagradable olor.

Su familia le gritaba.

"¡Hueles muy feo!",

y trataban de meterlo a la bañera.

Pero siempre se escapaba, y seguía oliendo horrible
por otro día más.

Bill era un perro muy maloliente y así permaneció
hasta que...

Un día su familia se fue a la playa y dejó a Bill con...

¡La tía Blanca!

A la tía Blanca le encantaba limpiar. Era muy buena

haciendo la limpieza con desinfectante, esponja y

cepillo; aspiradora, trapero y guantes de goma.

La tía gritaba, "¡Vamos!"

y limpiaba la casa de arriba abajo.

Una vez que cada cuchillo y tenedor brillaron,

y cada marca y mancha se borraron,

la tía Blanca gritó:

"¿Qué es ese olor
tan asqueroso?".

Y fue entonces, cuando vio a Bill.

Blanca, cantó:

"Ven perrito lindo,

¡hora de tu baño!".

Blanca era rápida pero Bill era veloz.

Pasó como un rayo cerca a ella.

Bill sabía exactamente adónde ir.

Bill se metió bajo el sofá,

Justo donde Blanca no lograba alcanzarlo.

Nada podía hacer ella. Se acomodó muy contento

y fresco, y decidió echar una siesta.

Cuando despertó, Bill vio ante sus ojos

un gran bistec de un tamaño enorme.

Era jugoso, bello y la boca se le hizo agua.

Bill salió de su escondite e hincó sus

dientes en la carne.

¡Era un truco!

¡Bill había sido engañado!

Blanca luchó,

    tiró y ganó

        atrapando a la maloliente mascota

en su red.

Entonces, riendo, Blanca llenó la bañera

hasta arriba. Luego le echó algo oloroso.

Bill escuchó a la vieja cantar:

"Ay, bolitas de lilas perfumadas,

escuchen las palabras de esta tonada.

Flor de manzano, aroma de limón,

cerezas dulces y pompas de jabón;

hagan su trabajo bañando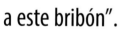

a este bribón".

Mientras Blanca estaba distraída cantando,

Bill logró liberarse de la red.

Vio la ventana, y salió corriendo

a través de ella.

Corrió y corrió por el jardín,

buscando el escondite ideal.

Cavó y cavó en el cesto de abono maloliente,

pero era demasiado tarde.

Blanca ya lo había visto.

Blanca no demoró en agarrarse de la cuerda de ropa, gritando: "¡Bill, no te me escaparás!". Y como una gran ave de rapiña, saltó a la cesta del abono y aterrizó encima de él.

"Se acabó el juego, perrito lindo. ¡Es hora de un **buen baño** para ti!".

A su regreso, la familia estaba sorprendida y complacida de ver a Bill, esponjado de arriba abajo y oliendo mejor que un ramo de rosas.

La tía Blanca dijo muy orgullosa:

"No me gusta alardear, pero es a mí a quien hay

que agradecer".

Los niños se alejaron…

¡la tía Blanca apestaba!